寂しがり屋の森

村松 凪
MURAMATSU NAGI

幻冬舎
MC

寂しがり屋の森

目次

インビジブルマンシンドローム

黒板がよく見えるから、席が鈴木君の後ろでよかった。
美術の授業で、先生は、黒板にいくつかの絵を描いた後、前後の席で向かい合い、お互いを描くように言った。短い時間で特徴をとらえるクロッキーという手法を使い、人物を描画するという課題で、思ったよりも難しく、首から肩、腕と描いていくうちにバランスが崩れてきて、増える線に比例するぎこちなさに、私はかなしくなってしまった。進路相談の時間に先生から言われたことが、ちらついて離れないせいだと思った。

「やりたいことが何もないなんて、かなしいことだね」と先生は言った。
「何かないとだめですか?」と私が聞くと、先生は困ったように笑いながら、
「すぐにおばあちゃんになっちゃうよ」と言った。

結局、私は決められた時間内に全身を描き切ることができず、鈴木君に未完成の絵を見せるのが申し訳ない気持ちになった。

「やりたいこと、ないの？」と鈴木君は聞いた。

私と先生のやり取りをどうして鈴木君が知っているのか不思議に思っていると、鈴木君は進路相談の順番を待っている間、聞こえてきたのだと言った。

「一週間後に小惑星が衝突して、地球が滅びるっていうなら、あるかもね」

お互いの絵を並べる。鈴木君の絵は、迷いのない、きれいな線が心地良かった。鈴木君の描いた私の隣で、私の描いた顔のない鈴木君は、居心地が悪そうに見えた。

「何かないとだめなんてこと、ないと思う」と鈴木君は言った。

塾へ行く途中で鈴木君を見かけたのは、その日の放課後のことだった。

道路沿いの錆びたガードレールを越え、下った所に、林に囲まれた池がある。鈴木君は、その池のほとりに座って絵を描いていた。

下りていって声をかけると、鈴木君の描いている絵が見えた。一人ぼっちの子供が、池のそばに座っている絵だった。絵の中の子供は、後ろ姿で顔が見えないのに、なぜか泣いているように思えた。

「どうして池を描いているの?」と私が聞くと、

「池は秘密を隠しているから」と鈴木君は答えた。

底に沈む老木が見えるような池に、隠し事なんてできるようには思えなかった。

「秘密って何?」と続けて聞くと、

「例えば、形あるかなしみとか」と鈴木君は言った。

風に揺らされて、重なり合う葉の音につられたように、カラスがギャーギャーと騒ぎ立てた。

「次の美術の課題で優秀な作品は、夏の間、美術館に飾られるんだって。僕はそれで証明したいと思う」

鈴木君は、やりたいことがあるのだなと思った。どれだけ強いしがらみがあっても離せないような。私は、鈴木君を羨ましく思った。

鈴木君に覚悟のようなものを感じたのは、前に鈴木君と話したことを思い出したからだ。去年の今頃、ちょうど坂の上にあるガードレールの傍に立って、池を眺めながら二人で話をした。鈴木君は、

「誰も彼も、自分のことばかり考えてるって思うよね」と言った。

単純な疑問を口にしたような、怒りは感じられない声だった。

鈴木君の言ったことは、私にも心当たりのあることで、

「どれだけ苦しんでいるかなんて知りもしないのに、無神経なことを平気で言うよね」と私は言った。

心当たりがあったとしても、自分の口からそんな言葉が出てきたことに私は驚いた。

「自分の解釈が正しいと思い込んでいるんだ。だから心配や助言という形で、悪気なく傷つける。例えば、僕は『知らない人が、あれこれ嫌なことを言ったり、笑ったりするかもしれない』。そういわれたことがある。僕はその時、信じていた人にやさしい言葉で刺されたような気持ちになった。知らない人に笑われて傷つくよりも、ずっと痛かったはずだ」

鈴木君は、そう言って笑った。

薄闇の中で、私は隣に座る鈴木君の顔を注意深く覗き込み、その表情を想像した。だけど鈴木君の笑った顔はあれっきりで、今、鈴木君がどんな顔をしているのか、私にはまるで分からなかった。その顔が見られたならいいのにと思った。

鈴木君は鞄からサイダーを出して口へ運んだ。泡立った透明の液体が、喉を通り抜けていくのが見える。気泡がパチパチと弾ける音まで聞こえそうなほどに鮮明に、泡が通り過ぎていく度、そこに実在するものを感じさせた。私は、きれいだなと思った。

鈴木君にサヨナラを言った後で、私は、私に促された未来の隙間で、何をすることができるのだろうと考えた。それは、とても難しいことのように思えた。

美術の授業で新しい課題が告げられたのは、それからすぐのことだった。

手鏡を持った私たちの前で、先生は言った。

「自分を見つめて、ありのままを描きなさい」と。

それは、彼にとって残酷な宣告だったように思う。いつもさらさらと動く鉛筆が、紙の上を滑ることは一度もなく、チャイムが鳴り終わるまで、鈴木君は手鏡を握りしめたまま動かなかった。

鈴木君には顔がない。鈴木君の顔は透明なのだ。

インビジブルマンシンドローム、透明人間症候群ともいわれている。倦怠感や気力の低下などを訴える人もいるけれど、頭頂部から首の付け根までが見えなくなること以外の症状はほとんど見られず、本人確認に難があること以外は、日常生活に支障はない。まだその原因がはっきりと分かっていない思春期特有の病気で、急速に進行するものの、そのほとんどが成人を迎えるまでに自然治癒する。

放課後、鈴木君がいるような気がして池へ来た。

池は、青が黒に変わっていく空を映していた。かなしみを集めて水に溶いたら、きっとこんな色になるのだろうと思った。

池のほとりに座る鈴木君が、数日前に鈴木君が描いていた絵のように見えて、その頭部を透かして見える世界に、そのまま絵の具のように溶けていってしまいそうに思えた。

「かなしかった?」と私は聞いた。

鈴木君は、小さな子供に諭すようなやさしい声で、

「もうその話はしなくていいよ」と言った。

「帰らないの?」と聞くと、鈴木君は、

「帰りたくないな」と言った。

「証明したいって言ってたじゃない」と言うと、鈴木君は、

「顔がなくなったきっかけは分かってるんだ」と言った。

「『よく考えた方がいいよ』。そう信じていた人から諭された時、僕がしたかったことは、人に反対されてまでしたいことだったのか考えた。だけど、きれいさっぱり諦めてしまったら、今までの僕とは別人になると思った。僕は結局、これまで描いた絵を燃やした。燃えカスが舞い、池に沈んでいく様子を見ていたら、水面に映る僕の顔も揺れながら消えていった。あの時、僕は僕自身をここへ捨てたんだと思う」

もしかしたら鈴木君は、取り戻そうとしているのかもしれない。もう一度、今度は何があっても離さないつもりで。

すっかり池が黒く染まってしまうまで、私たちはそこで池を眺めた。月が形を変えて、ゆらゆらと水面に溶けた。頬を撫でていく風は暖かくもなく、冷たくもなく、鈍くなっていく感覚とともに、私はうとうとして、そのうち、夢を見ているのか現実を見ているのか分からなくなった。

ぼんやりとした視界の中で、鈴木君は池の真ん中に立っていた。水を分け入ってその隣に立つと、鈴木君が泣いているのが見えた。

「顔が戻ったの？」と私は聞いた。どういうわけか、思い出したのだなと、妙に納得したような気持ちになって、ふと、形あるかなしみという鈴木君の言葉を思い出し、

「池の底に何が沈んでいるのか、暴いてみようか」と続けた。

「何もなかったら？」

「何もなかったなら、かなしみを混ぜて夜のスープにしてしまおう」

私はそう言って、長い木の枝で池の底を撫でた。

それからどれくらいの時間が過ぎたか分からない。永遠のようにも、一瞬のようにも思えた。通り過ぎていく車の音にはっとして、夢から覚めた時みたいに、思考が動き出すのが分かった。

「誰かの期待に応えたいって思うよね」

鈴木君はそう言った。

「誰かの思うような自分になれたらって思うよね。かなしい顔をさせたくないもの」

私がそう答えると、透明のフィルムに色を乗せたように、うっすらと鈴木君の顔が見えた。

「底が見えるような池にも秘密があるように、私たちはそんなに単純じゃない。だけど少なくとも、かなしいかどうか決めるのは私たち自身よね」

「その通りだ」

鈴木君は、少しだけ幼く見える顔で笑った。

　鈴木君は、教室の席に座る自分を描いた。鈴木君の半透明の顔と、後ろの席に座る私の顔、二つの顔が重なっている。きれいな部分だけ掬《すく》い取ったような透き通る淡い色に、離したくないものを、どんなことがあっても離さないでいられるようにという、願いが込められているように思えた。

　夏の間美術館に飾られた鈴木君の絵を見て、鈴木君はありのままでいることを証明したかったのだと、私は気付いた。

トカゲ

父という存在に答えを出したかった。

父のことを知れば、それができると思った。それで僕は父に、いくつかの質問をした。父の好きな色は茶色、好きな花はケイトウ、好きな言葉は愛だった。僕にとって茶色はきれいな色とは思えなかったし、ケイトウの花も毒々しく見えた。それに、よそに居場所を作っていた父が、悪びれもせず愛などと言えるのが、僕には不思議でならなかった。結局、父を知ったところで、何も変わらなかった。

僕はまた、父との出来事から、父の存在に答えを出そうとしたこともある。父は車で眠ってしまった僕をベッドまで運んでくれた。それに、寒さで荒れた手の甲に可哀相だと言って薬を塗ってくれた。祭りの日、僕を肩車して花火を見せてくれたこともあった。僕は、それらと父が無責任に出ていったことを並べて、ますます父が分からなくなった。

だけど、そうして父のことを考えているうちに、僕の内側で「人を悲しませるのは悪いことだ」という声が聞こえた。そして僕は、父という存在に仮の答えを出した。父は僕の中で、悪い人になった。

その父が帰ってきたのは、空に厚い灰色の雲がかぶさり、冷たい空気が身を刺すような年の暮れのことだった。数年ぶりに見る父は、少し痩せて見えた。もし父がこれまでのことについて言い訳や謝罪の言葉を口にしたら、僕は父を殴っていたかもしれない。だけど父は、この家にいなかったことなんてなかったかのように、あまりにも自然に、「ただいま」とだけ言った。

薄く開けられた窓から冷たい風が滑り込んで、僕が喉の奥にためていた言葉を全て奪い去っていった。父は細く長くタバコの煙を吐いた。他人の匂いがする、と僕は思った。

父は以前と比べて、妙に馴れ馴れしくなった。夕飯の用意が整うと、階段下から僕に呼びかけ、食卓では学校の様子を尋ねた。良い父親を演じているようなのが耐え難くて、僕は父が何を言っても返事一つしなかった。僕は、追い出せるものなら父を追い出してしまいたいと本気で考えていた。

「可哀相だなあ」

ある時、父は独り言のようにそう呟いた。僕は、ちょうど父のいる居間を通り過ぎるところだった。

「まともに息もできなくなってるじゃないか」

父と目が合って初めて、その言葉が自分に向けられているのだと気付いた。

「出ていってやろうか」と父は言った。僕が、

「いつ？」と聞くと、父は、

「暖かくなったら」と言って笑った。


それからひと月が経った。父がいることに、それほど息苦しさを感じなくなり始めていたある日、屋根に上がる父を見た。冬の束の間の休息のような暖かな日だった。

何をしていたのか聞くと、父は、

「日光浴だ」と言った。

父の部屋は北側に面していて、ほとんど日が差さない。天窓から陽光が差すが、それで

も冷え切った部屋を暖めるには至らない。天窓を開ければ、屋根にすぐ上がることができるけれど、少年のような思いつきで父が屋根に上がるとは思えなかったから、僕は不思議に思った。

高い所はこわいと言っていたのに。

以前、塗装の仕事をしている父に、高い所での作業について聞いたことがある。

「慣れるまではこわくて仕方がなかった。足がすくんで立てなかった」と父は言った。

僕も高い所がこわい。脚立に上がるのさえこわくて体が固まってしまう。

あの祭りの日も僕はこわかったのだ。肩車された時、視線の高さと花火の音に驚いて、手に持っていた金魚を小さな透明の袋ごと落としてしまったのを覚えている。アスファルトの上で金魚がピチピチと跳ねた。父は何も言わず、金魚を拾い上げて、わずかに残った袋の水へ泳がせた。

僕は、父に自分と共通の色を見つけてしまった。そして、ある幼稚な考えが頭をよぎった。もしかしたら僕と父は、歯車がきちんとかみ合って回るみたいに、もっとうまくやれたのかもしれない。すぐに、くだらないと思い直した。だけどその時、僕の内側で「弱いのと悪いのとは違う」という声が聞こえた。父はきっと自分の弱さに負けて、人を悲しませるようなことをしたのだ。僕は、父に対する仮の答えを変えた。父は僕の中で、悪い人から弱い人になった。

妙な電話があったのは、その翌日のことだった。昨日とは打って変わって、冷え切った空気が頬を刺すような夜に、その電話はあった。

父を名乗る声が、

「元気にしてるのか」と言った。

数年ぶりのあいさつのような声を聞きながら、僕は居間で晩酌をしている父を見た。冷たい汗が背中に流れた。なぜか聞かれてはいけないような気がして、僕は耳に受話器を強く押し当てた。


父を名乗る声は、一通り当たり障りのない話をした後で、

「お父さんと行った墓のこと、覚えてるか?」と聞いた。僕が、

「覚えてる」と言うと、

「お父さんも死んだらその墓に入るから」と言った。

「具合が悪いの？」と聞くと、

「まあ、何とかやってる」と答えが返ってきた。

僕は、父に心臓の持病があることを思い出した。

電話を切った後も、僕の耳に父の乾いた声が張り付いて残った。父と向かい合う位置で炬燵に足を潜らせ、僕はお酒を口に運ぶ父の顔を確認した。僕の知る父の顔だった。

「どうした、こわいものでも見たような顔をして」

僕の目の前で、そう言った父が、得体の知れない存在のように思えた。


それからまもなくして父の部屋から、何かを引きずるような音が聞こえるようになった。夜毎、長くて重いものが床を這う音が聞こえてくる。何か妙なものが父のフリをして住み着いている、そんな考えが頭をよぎった。部屋の前で息をひそめて音を聞いていると、床に染み込んだ冷気が、僕の足の感覚を奪っていった。

「そこに何かいるの？」

僕がそう問いかけると、部屋から聞こえていた音がピタリとやんだ。

「ここにいるのは、お前のお父さんだよ」

「この前の夜、父から電話があったよ。その時、お酒を飲んでいたじゃないか」

寒さのせいか僕の声は震えていた。

「父のフリをするのはやめてくれ」

ドアの向こうでズルリと床が擦れる音がした。

「気付かないフリをしたままだって構わないだろうに、どうしてそう向き合おうとするんだ」

「そんなのは僕の勝手だ」

「妙な子供だなあ。だけど本当のことを知ったらきっとガッカリするよ。だいたい他人の匂いがする奴なんてろくでもない奴ばっかりなんだ。真面目に向き合ったりしたら悲しいだけだ」

もっともなことを言われているような気がした。それが悔しくて、僕はほとんどムキになって言った。

「父のことで今更ガッカリするものか。悲しんだりもしない。僕はただ父の存在に答えを出したいだけなんだ。そうじゃなきゃ僕はずっと消化不良のまま、父の存在を抱えていくことになる」

背中を向けた僕を追うように、父の部屋から声が聞こえた。

「可哀相だなあ。泣いてしまいそうだなあ。出ていった奴のことなんて放っておいたらいいんだ」

またズルズルと床が擦れる音がし始めた。

電車とバスを乗り継いで一時間半、数軒の民家と田んぼに囲まれた静かな場所に、父の職場はあった。僕は母の手元にあった書類から、この塗装店を見つけた。僕は今日、父のことに決着をつけるつもりで、ここへ来た。

作業現場にいる父が戻るまで、事務所で待たされることになった僕は、父に会ったら何を話そうか考えていた。父の存在に答えを出したら、今夜、父の部屋のドアを開けて妙な音の正体を確かめようと思った。そして泣くようなことは何もなかったと言ってやろうと思った。

壁にかかったホワイトボードをぼんやりと眺めていると、僕を入口で出迎えてくれた女の人がお茶を出してくれた。

「やさしい、いい息子さんがいるって言っていたよ。こうして訪ねてきてくれて、きっと喜ぶよ。お父さん、長く一緒に働いていた人を先月亡くしてね、その人はお父さんと同じで心臓が悪くて、それで尚のこと落ち込んでいたから」

僕はこの間の電話の理由を垣間見た気がした。それと同時に、たった一人、部屋で倒れる父を想像した。それはとても寂しいことのように思えた。

「父が一人で、誰にも気付かれずに倒れているなんてことはあり得ますか」

僕がそう言うと、妙な顔が返ってきた。その瞬間、僕は自分が見落としていたことを察した。

「父は、どこに住んでいるんですか？」

相手が返事を迷っている間に、僕は続けて言った。

「父は誰かと暮らしているんですか？」

父が今も僕の知らない誰かと生活をしていることは、僕が思いもしなかっただけで、十分あり得ることだった。むしろ、その方が自然なことなのに、僕は父が一人でいると思い込んでいた。

「お父さんは女の人と一緒に暮らしているようだけど」

そう重い口から語られたのを聞いた途端、僕は突然頭を殴られたような気持ちになった。

僕が父に会うことはなかった。どうやって父の職場を後にしたのか覚えていない。気が付いた時には帰りのバスに乗っていた。

「やさしい、いい息子さんがいるって言っていたよ」

そう言われたことが脳裏に張り付いていた。僕にとっては呪いの言葉のように思えた。

いい子なんかじゃない。

僕は悔しくて仕方がなかった。膝の上で固く握った拳が、ぽつぽつと濡れた。

父の存在に答えを出したかった。悪い人なら憎むことができた。弱い人なら許すことができたかもしれない。僕はやっと見つけかけていた答えを見失ってしまった。

家に着いた時には、もう日が暮れようとしていた。オレンジ色の光が父の部屋の片隅を心細く染め、置き去りにされた父のマンガが本棚の中で傾いていた。時代遅れの大袈裟な洋服ダンスは、もう他人の匂いを感じることすらできないくらい月日が経ってしまって、役目を失ったハンガーが居心地悪く揺れた。父の部屋で妙な音の正体は見つけられず、それから父のフリをした妙なものが姿を現すことは、二度となかった。

そして、いつしか僕は大人になり、父親というものになっていた。

あの時のことを話すと、母は、

「あれはトカゲだったのかもしれない」と言った。

母が祖母から聞いた話では、祖母が以前暮らしていた長屋にトカゲというものがいたらしい。長屋には、祖母の他に三世帯が暮らしていた。祖母は内気で断れない性格であったため、みんなそこに付け込んで強引に居ついた赤の他人だった。彼らが、いつの間にかトカゲと入れ替わっていたそうだ。

トカゲは人のフリをするのがとてもうまい。うまいというよりも、その人そのままになれるらしい。ただ、そう誰にでもなりすますことはしない。それに悪さをしたりもしない。トカゲは、他人の匂いがする部屋を好んで住み着くから、大抵彼らがなりすますのは、疎遠になってしまった身内や、長屋や共同住宅の住人のような、あまり親しくない間柄の同居人だった。だから、祖母の住まいはトカゲにとって都合が良かったそうだ。

祖母は、トカゲが入れ替わったことに何年も気付かなかった。建物が古くなり取り壊すことになって立ち退きをお願いしたところ、トカゲの方から祖母に白状したらしい。しばらく見なかった顔が、ふいに戻ってきて居つくようになったら、それはトカゲかもしれない。そうしてトカゲは誰かになりすましながらひっそりと生きているというのが、母が祖母から聞いた話だった。

母は、父のフリをした妙な音の正体に気付いていたのだと思う。気付いていながら、トカゲと過ごすことで、僕と同じように父の存在に答えを探していたのかもしれない。

僕の小さい頃に瓜二つの息子は、僕とは違って肩車が大好きだ。わざとらしく揺らすと、キャッキャッと声を立てて笑う。僕の顔が小さな手のひらから熱を感じる度、僕は救われる気がした。

僕は、ここにはいない父に、どうか幸せに生きてくださいと思った。この先もきっと、そこに僕はいないけれど、どうか体に気を付けて幸せに生きてくださいと心から願った。

僕はようやく、父という存在に答えを見つけた。

夏の子供と星の海

「君、自然豊かなリゾート地で仕事してみたいって言っていたじゃないか。近くに川があって、海も近い、いい物件が見つかったんだ。釣りやマリンスポーツを楽しみ、緑に癒されながら、古民家でテレワークしてみないか?」

社長のその提案を二つ返事で承諾したことを、俺は早々に後悔した。

自然豊かといえば聞こえはいいが、ここは人口が千人に満たない山村。社長が用意した家は、築五十年は経過していると思われる廃屋。中庭には草が生い茂り、畳はささくれ立ち、砂壁は剥がれ落ちて、取り替えられることなくそのまま時代を引きずってきたようなカーテンや壁紙は色褪せてシミができ、不気味な雰囲気を漂わせている。

「その辺り、河童が出るらしいんだ。休暇の時に会いに行くから、それまでに河童と仲良くなっておいてくれ。楽しみだなあ。もしかしたら、河童以外も出るかもしれないな」

俺を送り出す時、オカルト好きの社長はそう言った。俺は、その言葉を思い出し、この提案の真意を察するとともに、この世ならぬものとの遭遇に恐怖した。

川の河童か、廃屋の幽霊か、どちらか選ぶとしたら河童の方がマシだ。

俺は、近くにある川へ向かった。


透明度の高い美しい川だ。場所によって深い緑にも見える。川の水が緑に見えるのは、光が分子や粒子に衝突して反射される光の散乱が理由だとかいう話を、なぜか釣りをしているおっさんの頭皮を見ていたら思い出した。

キュウリを餌にザルとつっかい棒で罠を作る。そして、少し離れた所で河童が罠にかかるのを待つ。捕まえないことには、河童と話もできない。話ができないことには、仲良くもなれないだろう。故に河童を罠にかけるのだ。仮に俺の思いが伝わらず、悪意故の罠だったと誤解されても、誠心誠意謝れば分かり合えるはずだ。いつかそんなこともあったと肩を組める日も来るだろう。

手つかずの自然にマイナスイオンを感じながら、しばし川を眺める。川の水に手を差し入れて、ひんやりとした心地良さを味わう。まだ見ぬ河童に思いを馳せつつ、ふと目を落とすと、川砂の中でキラリと光るものがあり、それに目を奪われた。

　砂金だ。

　その瞬間、俺の頭の中から河童は姿を消した。俺は首の後ろが痛くなるほど日焼けをするまで、時間を忘れて砂金を集めた。しかし、しばらく経つと、川の水から掬い上げられた砂金はきらめきを失い、ただの砂利のようになってしまった。不自然に積まれた砂金が俺を笑っているようで、何とも言えない虚しさを感じていた時、罠が作動する音がした。

　俺の頭の中に、河童が再び姿を現した。

「河童！　かかったか！」

「すみません。不自然にキュウリが置いてあったので、気になってしまって」

　倒れたザルとつっかい棒を直しながら、メガネをかけた真面目そうな少年がそう言った。

「こら！　俺の罠にかかるな少年！」

　罠にかかったのが、河童ではなく少年だったことに憤りを感じて、大人げなくそう言うと、少年は、「すみません、すみません」と言って頭を下げた。

「お前、小学生？　学校はどうした学校は。川で遊んでないで勉強しろ。将来の夢とかちゃんとあるの？　立派な大人になれないよ」

「先週末から夏休みです」

「あ、そう」

「夏休みの自由研究で、川魚の研究をしています」

「あ、そうなんだね」

「おじさんは何を？　あ、このキュウリ、おじさんのですか？　こんな暑い所に置いていたら腐ってしまいますよ。おじさん、川で冷やすのはどうですか？」

「おじさん、おじさんって言うのやめてくれる？　お前にとっては、おじさんかもしれないけど、俺はまだお兄さんを諦めたくないの」

「すみません、すみません」

「お前、河童見たことある？　俺、今、河童捕まえてるんだ」

「え？　そんな当たり前に実在しているみたいな口ぶりで。おじさん、いかれてますね」

「いかれてねーわ」

夕暮れ時に差し掛かると、いつの間にか釣りをしていたおっさんは姿を消していた。

少年と川を後にして、家までの道を歩く。

「おいマジメ」

「僕のことですか？」

「お前の家、どこなの？」

マジメは、廃屋の隣にある、スタイリッシュな白壁が印象的な、モダンスタイルの二階建て住宅を指さした。

「マジメ、お前隣人だったのか」

「先日、築八十年の廃屋が百万円で売れたと祖父から聞きました。おじさんがお住まいになるんですね」

憂鬱な思いで足を止めると、マジメは、

「帰らないんですか？」と聞いた。俺は、

「帰りたくないな」と言った。

「いえ、帰りましょう」

マジメは、丁寧に頭を下げサヨナラを言うと、その場から消えた。

日暮れの廃屋は、さながらお化け屋敷のようだった。開けっ放しだった縁側から和室にあがると、畳の上の細かい埃がまとわりついた。台所の方でペタ、ペタ、ペタと足が床に張り付く音がする。音は、俺の足音とは別に聞こえる。

何かがいるような気がする。いや、絶対にいる。

音がする方へ向かうと、昔ながらのガラスの引き戸に小さな手の影が見えた。ホラー映画のCMで見たことがあるような、ないような状況に冷や汗が流れる。小さな手の影は、俺をからかうようにペタリ、ペタリと現れては消えた。

「ひいっ」

俺は、全力疾走でマジメの家へ向かった。震える指でチャイムを鳴らすと、マジメは感情の読めない顔で、

「はい、何でしょう」と言った。

「出た」

「河童ですか？　おめでとうございます」

「違う！　幽霊が俺の家に出たの！　怖い！」

「おじさんが探している河童も似たようなものなのでは」

マジメは、一晩だけ泊めてほしいという俺のお願いを、神経質なオウムを飼っていて、知らない人がいると、よりナーバスになるのだとか理由をつけ、頑なに断った。そして、代わりに一緒に俺の家に立ち入ることを申し出た。

「トカゲやヤモリと見間違えたんじゃないでしょうか」

マジメは、何も恐れていない様子で、ずかずかと家に入っていく。そして、さっき手の影がいくつも現れたガラスの引き戸のそばで足を止めた。

「あ」

そう声を漏らしたマジメの背中に隠れ、恐る恐る様子を窺うと、十歳に満たないくらいの男の子が、和室の隅に立っているのが見えた。

幽霊だ。子供の姿をした幽霊だ。

喉が、ひゅっと鳴った。

「あははは」

幽霊は、幽霊らしからぬ元気いっぱいの声で笑った。そして天使のような顔で、

「今の顔見た？　ウケる」と言った。

「おじさん、近所に住んでいる子です」

お化けの正体が近所の子供だった安堵よりも、からかわれたという怒りが先に立った。

手で示し、近所の誰それと紹介をするマジメの声は、もう俺には聞こえなかった。

「おい子供！　不法侵入で訴えるぞ！」

そこから、俺と子供の追いかけっこが始まった。しかし俺は、追いかけたことを早々に後悔した。すぐに捕まえて説教をするつもりが、追いかけっこは日が完全に落ちるまで続き、挙句の果て、俺は暗闇の中で迷子になり、引っ越した初日から、駐在所のお世話になることになった。


それから数日が経ち、河童の罠の整備をしていた俺に、マジメは、

「それは何ですか？」と聞いた。

「これは亀の餌だ」

そう言って、俺は亀の餌をパラパラと撒いた。

河童の罠の整備は、俺の日課になっていた。毎日、川に通ううち、マジメと釣りをしているおっさんとは、すっかり顔なじみになった。おっさんとは、まだ一度も話したことはないが、気持ちの上では友人だ。

マジメは、手に持っていた白い網のようなものとロープを置いて、

「おじさん、僕のような学の浅い者が申し上げるのは大変心苦しいのですが、河童は亀の餌を食べないと思いますよ」と言った。

「甲羅あるじゃねーか」

「河童って色んな姿で伝えられていて、猿のような甲羅がない姿でも描かれています。人間に化けることもできるとか。食べ物はキュウリの他に、魚とか果物、あと尻子玉を食べるともいわれています」

「尻子玉って?」

「人間の肛門内にあるとされる架空の臓器で、河童は水中に人を引きずり込んで、尻子玉

を抜くらしいんです」

「思っていたより河童は残忍」

ご当地キャラクターにいるような、かわいい河童を想像していた俺は、意外な河童の一面を知ってショックを受けた。マジメは、俺の心境など気にしていない様子で、白い網のようなものを河原に広げると、それにロープを結び付けた。

「それは何？」

「蚊帳です。河童の罠に使えないかと思って。河童の体長を考えると、ザルでは小さすぎるかと思います」

マジメは、蚊帳を網の代わりにして、ロープを使い木の枝に引っかけた。張られた網に河童が接触すると、木にかけていた部分が外れ、網に河童が絡まるという寸法だ。俺は、マジメの作った罠の出来栄えに、いたく感心した。そして、まだ見ぬ河童に思いを馳せつつ、少し離れた所で河童が罠にかかるのを待った。

「マジメ、お前とは、この先も仲良くやれそうだ。小学校を卒業しても、暇があったらまた川で遊ぼうぜ。河原でマシュマロ焼いて、スモア作ったりしてさ」

俺がそう言うと、マジメは少し間を置いて、

「それは楽しそうですね」と言った。そしてマジメは、

「おじさんは、どうしてこんなくだらないことに一生懸命になるのですか？」と聞いた。

「お前、そんな風に思ってたのか」

「こんなことに時間を費やすのって、無駄じゃないですか？」

俺は、心を許していたマジメに、突然刺されたような気持ちになった。

「大人になるにつれて、何かに意味を持たせるのが当たり前になってくるよな。理由があると安心するから、どうしてってすぐ理由探しをする。だけど俺は、実際は、もっと単純なものに人は動かされていると思うんだよ。マジメ、何にでも意味を持たせるな。やりたいからやる、それだけだ」

俺は、自分への励ましを込めて、そう言った。

「おじさん……」

マジメが何か言いかけたその時、罠が作動する音がした。俺の頭の中に、すっかり姿を消していた河童が、再び姿を現した。

「河童！　かかったか！」

「ごめん、不自然に網がかかってたから気になって」

網に絡まりながら、見覚えのある子供がそう言った。

「こら！　この間の不法侵入の子供！　俺の罠にかかるな！」

罠にかかったのが、河童ではなく子供だったことに憤りを感じて、大人げなくそう言うと、子供は、

「ごめん、ごめん」と言って頭を下げた。

「お前小学生？　宿題はどうした宿題は。人の家に上がり込んで大人をからかったり、川で遊んだりしていないで勉強しろ。将来の夢とかちゃんとあるの？　立派な大人になれないよ」

「勝手に入って悪かったよ。あんなボロ屋敷に誰かが住んでるなんて思わなくてさ」

「あ、うん」

「夏休みの自由研究で、トカゲの研究してるんだ」

「あ、そうなんだね」

「トカゲを捕まえてたら、おじさんが勝手に驚くから面白くなっちゃって。からかって悪かった。すごい形相で追いかけてくるから、思わず逃げちゃったし。おじさんは何してんの？　あ、この網、おじさんの？　こんな所に置いて危なくない？　おじさん、片付けた方がいいんじゃない？」

「おじさん、おじさんって言うのやめてくれる？　お前らにとっては、おじさんかもしれないけど、俺はまだお兄さんを諦めたくないの」

「ごめん、ごめん」

「お前、河童見たことある？　俺、今、河童捕まえようとしてるんだ」

「え？　そんな当たり前に実在しているみたいな口ぶりで。おじさん、いかれてるな」

「いかれてねーわ」


「蚊帳、破れちゃいましたね」

蚊帳は、絡まりを解こうとした際に破れてしまった。木の枝に引っかかった部分から大きく裂けている。これでは、罠としても蚊帳としても役目を果たせそうにない。

「ごめん。僕が罠にかかったせいで……」

子供が申し訳なさそうにそう言うと、マジメは、

「大丈夫だよ。僕も河童が実在するなんて思っていないんだ。ただ、おじさんが一生懸命だったから、何かしてあげたくて」と言って笑った。

次の日の昼下がり、俺は自転車を整備していた。納屋にあったものだ。埃を払い、チェーンに油をさすと、自転車は見違えるようにきれいになった。

この自転車で、網を買いにいく。マジメは大丈夫だと言って笑っていたけれど、本当は自分の作った罠が壊れてしまって、悲しかったはずだ。

目的地は、三駅ほど離れた場所にあるホームセンター。ここへ引っ越して来る前は十駅ほどの距離を自転車で通勤していた。余裕だ。夕方までには帰ってこれるだろう。そう思っていた俺は、早々に後悔した。

行きだけで三時間かかった。地獄のような峠を越え、延々と続く道をひたすら走り、目的地のホームセンターに到着した俺は、田舎の駅区間距離を見誤った自分を責めた。しか

し、今更後悔しても遅い。来たからには、帰らなければならない。

Tシャツがペッタリと背中に張り付く。夕方になっても強い日差しは衰えない。疲労がピークに達しようとしていた時、更に悲劇が訪れた。自転車に異変を感じる。やたらペダルが重い。疲れのせいかと思っていたけれど妙な音もする。

「げっ」

自転車の前輪がいつの間にかパンクをしてしまったようで、見た目からも分かるほどに空気が抜けてしまっていた。

「おいおいおい、こんな所で……」

よりによって人気のない峠でのトラブル。通り過ぎる車も少なく、周りは森。助けを求めようにも、民家すらない。俺は仕方なく、自転車を引いて歩いた。

「大丈夫。雨の中、傘をささずに歩くよりはマシだ」

そして、雨が降り出した。疲れ切った俺に追い打ちをかけるように降り始めた雨を、渇きを潤す恵みの雨だととらえ、俺は歩き続けた。峠を越え、海沿いの道に出る。行きに俺が陽気に走った道だ。

「きれいだな」

俺は、そう呟いた。

雨は上がり、辺りはすっかり暗くなっていた。雨に濡れた地面は、鏡のように外灯の光を照らしていた。夜の海に月の光が反射してキラキラと光った。夜空を真横から見たなら、きっとこんな感じだろう。星の海だ。

白いワゴン車がチラチラと眩しいライトを照らしながら、俺の横に止まった。その助手席に見知った顔が乗っている。

「おじさん、こんな所でどうしたんですか?」

車から降りたマジメが、俺に駆け寄ってくる。

「親戚の家から帰るところなんです。一緒に乗っていきますか?」

俺は、急に体の力が抜けて、その場にしゃがみこんだ。マジメは、俺を心配して、

「大丈夫ですか?」と聞いた。

俺は、少しだけ泣いた。

それから二週間が経った。マジメ考案の罠は、新しい網でより立派なものになった。俺は、相変わらず毎日かかさずに川へ通った。何度も川で顔を合わせるうち、マジメと釣りをしているおっさんだけではなく、子供とも顔なじみになった。おっさんとは、まだ一度も話をしたことはないが、気持ちの上では親友だ。河童の罠の整備をするためだけではなく、この山村でできた友人たちに会うために、俺は川へ行くようになっていた。

「僕、県外の学校へ進学するつもりだったんです」

その日、罠の餌を取りかえていると、マジメはそう言った。

「お前、頭良さそうだもんな」

「でも、やめました。おじさんの話を聞いて、僕もやりたいことをやろうと思ったんです」

「いいじゃん。ところでそれは、親御さんも賛成なのかな？」

「はい、ご心配には及びません。勉強は引き続き頑張ります。平均気温が現状より三℃上昇すると、冷水魚の分布適域が現在の約七割に減少することが予測されているそうです。僕は、気候変動による河川の生態系への影響について、自分の目で確かめ発信していきたいと思っています」

「マジメ、お前はきっと立派な大人になるよ」

朝の通り雨のせいか、川の水が、いつもより少しだけ増しているような気がした。浅瀬で遊んでいる子供に、川岸に上がるよう呼びかけようとした瞬間、子供が足を滑らせ、川に飲み込まれるのが見えた。小さな体は複雑な川の流れに抵抗できず、あっという間に深い方へ流されていく。

俺は、夢中で川に飛び込んだ。溺れた人を助けようとして溺れてしまう危険は、もちろん知っている。だけど俺は、考えるよりも先に体が動いたことを後悔していなかった。必死で腕を伸ばし、子供の体を掴む。

「おじさん！　掴まってください！」

マジメが、河童の罠に使っていた網を投げた。子供にそれを掴ませた直後、俺のすねに水面下に沈む岩がぶつかった。激痛が走り、川が俺一人を水中に引きずり込んだ。冷たい水が体の自由を奪っていく。この山村に来てからのことが走馬灯のように頭に浮かんだ。リノベーションを繰り返し、愛着の湧いてきた廃屋。自転車を引いて歩いた、星の海がきらめく道。心を許せる友人もできた。一つ、心残りがあるとすれば、それは河童だ。

先日、河童の情報を集めた江戸時代の河童研究書、『水虎考略《すいここうりゃく》』にある河童の絵をマジメが見せてくれた。それは、何とも気持ちの悪い河童の絵だった。

河童、ウソだろ？　本当はご当地キャラクターにいるようなかわいい姿なんだろ？　ふわふわで、目がくりくりで、くちばしがアヒルみたいなかわいい姿なんだろ？

俺が死を覚悟したその時、何かが強い力で俺を引き上げた。軽い荷物を持つように、俺を抱えて助けたのは、この川でいつも釣りをしているおっさんだった。おっさんは、急流に翻弄されることなく、浅瀬へ向かって、ザブザブと川の中を分け入っていく。その首筋の一部が、緑色のぬめりのある肌に変わっているのを俺は見てしまった。

おっさん、河童だったのか。人間に化けた河童だったのか。

俺は薄れていく意識の中で、河童、かわいくないなと思った。


それから、３か月が経った。川で負った怪我はすっかり良くなり、俺は、マジメと子供と河原で焚火をしていた。パチパチと爆《は》ぜる音や、冷えた指先を温める熱が心地良かった。

割りばしに刺したマシュマロを炙り、クラッカーに挟んで渡すと、子供はそれをこの世で一番おいしいものを食べるみたいに頬張った。

「あの時、河童に助けられなかったら、こうしてスモアを食べることもできなかった」

俺がそう言うと、子供は、

「おじさんを助けたのは、河童じゃなくて釣りをしてたおっさんだろ」と言った。

「いいや、あれは河童だ。人間に化けた河童だったんだ」

「いるわけないだろ。河童なんて」

俺と子供が言い争いをしている隣で、マジメは、

「そういえば、あれ以来、釣りをしていたおじさんを見ていませんね」と言った。

河童は実在していた。そして、俺を助けてくれた。まだ一度も話したことはないが、釣りをしていたおっさん、いや、河童は、俺の命の恩人だ。

廃屋の幽霊

祖母には、私たちには見えないものが見える。また、私たちには聞こえない音が聞こえる。たったそれだけのことなのに、同じ場所にいながら、まるで違う世界を生きているような気がした。私には、祖母が別人になってしまったように思えた。そして、祖母もまた、これまでとは違った目を向けられていることを感じているようだった。

祖母は、その変化から生じる問題を解決するために、一人暮らしをしていた家を離れ、私の家で暮らすことになった。それまで祖母が住んでいた家は整理することになり、本格的な夏を目前に控えた、うだるような暑さの中、片付けは始まった。

引っ越し作業の最中で投げ出したような部屋。持ち場を見失った物たちが、なだれ込んできたような廊下。高校の制服を見せに行った春には、人を迎え入れることができていた祖母の家は、数か月の間に、足を踏み入れることをためらうほどに様変わりしていた。その様子は、以前家族と一夜を過ごした廃屋を連想させた。ほこりや防虫剤、いくつかの鼻をつくような匂いと湿った空気をかき分けるように、いらない物をゴミ袋に詰めていく。掃き出し窓の向こうでは、膝くらいの高さまである草を足で押し分けながら、父と母が軽トラックの荷台に、いらない物を積み込んでいる。その場にとどまることを主張しているようなそれらは、実際に過ごしてきた時間よりも、もっと気が遠くなるほど長い時間を、誰の目にも触れることなく過ごしてきたように見えた。

「いらない物がいくらあっても、恥ずかしいことではないよね。今は、いらなくなった。ただそれだけのことなんだから」

いとこが、私に向かってそう言った。彼は、仕事で忙しい叔父と叔母に代わって、自分から手伝いに来ることを申し出たそうだ。

彼は、色褪せた本を紐で束ねながら、

「こういう家は、そこら中にある。ビルの上から見れば、背の高い草で覆われた家が何軒も見えるよ」と言った。

「詳しいね」と言うと、彼は、

「人が住まなくなった家に興味があるんだ」と言った。

「そこに住んでいた人の面影が見える気がして。不謹慎かな？」

それを不謹慎というべきかどうか、私には判断がつかなかった。だから、

「褒められるものではないと思う」と私は答えた。

こめかみから汗が流れ、背中にベッタリと服が張り付いた。暑さや匂いだけじゃない、もっと別の何かが不安を煽り、私を苛立たせているような気がした。

「何かに追われるように片付けをするんだね」

彼は、そう言った。

「まるで、いらない物を捨てることが、怖いものから逃れる唯一の方法みたいに」

幼い頃、祖母に読んでもらった絵本を、彼は何一つしがらみがないみたいにダンボール箱に投げ入れた。どうせゴミとして燃やされるものだ。文句を言う必要はない。だけどなぜだか、その行動は私のイライラを助長させた。

「気分転換に面白い話をしてあげようか。僕はその中で、一つだけ嘘をつく」

彼は、積み上げた本の上に座って、そう言った。

「僕は、三人目なんだ」

「それの何が面白いの？　兄弟のうち、三番目に生まれることは、そんなに珍しいことではないよ」

少し馬鹿にしたようにそう言うと、彼は、

「そうじゃない。三人目の僕なんだ」と言った。その目は、冗談を言っているようには見えない。

「一人目の僕は、神様に失望した。もし、君が神様を信じていたなら申し訳ないけど、これはあくまで僕個人の話だから、気を悪くしないでほしい。とにかく、そこで二人目の僕が生まれた」

彼は、淡々と話を続ける。

「二人目の僕は、家族に失望した。これは本当に、神様に裏切られるよりも悲しいことで、二人目の僕は、今にもほつれてしまいそうな、ボロボロの毛糸みたいになってしまった。そこで、三人目の僕が生まれた」

「失望する度に、新たな自分が生まれるってこと？　なら、三人目のあなたは何に失望して、四人目が生まれるのかしら」

半分、彼の作り話に乗ってあげるつもりでそう言うと、彼は、

「もう、僕が失望することはないよ」と言った。

「だって僕は、何も信じちゃいないからね」

「賢いね。信じなければ失望することもないだろうから。話は終わり?」

彼は、

「ここからが本題なんだ」と言った。

「二人目の僕は、まだ生きているんだよ」

スリッパの裏で、塵がザリッと音を立てた。なぜか怖い話を聞いた気がして、背筋に冷たいものが走る。

「それは不思議な話ね。じゃあ、あなたと全く同じ人間が、他にいるってこと?」

「君から見たなら、そういうことになるだろうね」

「どういうこと?」

「僕たちは、同じ顔、同じ背格好、同じ声。見た目は何一つ変わらないし、同じ人間関係を共有している。父も母も、兄弟さえも僕たちの違いに気付いていない。だけど、僕たち

は確実に何かが違うんだ」

彼は、それがとても重要なことのように、そう言った。

「僕たちは、しばらく、そのことに気付かなかった。自分たちは同一の存在だと思っていた。僕たちは、周りが混乱しないように、代わる代わる僕の役割をして、その間、残りの二人は廃屋の幽霊になった。ひっそりと、この世に存在していないみたいに」

廃屋の幽霊と聞いて、子供の頃に祖母から聞かされた話を思い出した。人が住まなくなった廃屋には幽霊がいて、ずっとそこで誰かを待っている。誰を待っているのか、どうして待っているのか、会ったら何をされるのかは分からない。大きくなった今は、崩れかけた廃屋で遊んで怪我をしないよう吐いた嘘だったのかもと思えるけれど、小さかった私を怖がらせるには、そこに幽霊がいるということだけで十分だった。あるいは、分からないからこそ、怖かったのかもしれない。彼も、この話を誰かから聞いたのだろうか。

「だけど、それは長く続かなかった。なぜだと思う？」

「さあ。誰かがルールを破ったとか？」

「いや、僕たちには自分たちで決めたルールがあった。そして僕たちは、それを言いつけを守る小さな子供のように繰り返した。だけどそのうち、僕たちはそれぞれ何かが違うってことに気付いたんだ。なのに、誰もが僕たちを同一の存在として見ている。おかしいだろ？　僕たちは、確かに何かが違うはずなのに」

彼は真剣な表情でそう訴えた。

「それから、僕の中に不快な感情が芽生えた。腹の中で消化できないものが、ずっと残っているみたいだった」

彼はそう言って、顔を歪ませた。だけど私には、彼らの中に違いがあることが、それほど重要なこととは思えなかった。

「そして、事件が起きたんだ」

彼は、まるで怖い話でも話すような口調で言った。

「ある日、一人目の僕が、二人目の僕に首を絞めて殺された」

私は、彼の前に、もう一人の彼が向き合うところを想像した。それは、双子というよりも、もっと同一の存在に思えた。彼が、もう一人の彼の首に手をかける。それは、彼が、彼自身を殺しているように見えるかもしれない。

「だけど三人目の僕には、そんなことはどうでもよかった。なぜなら、三人目の僕は、もう廃屋にはいなかったから。僕たちの違いに、いち早く気付いた三人目の僕は、その時にはすでに、僕を独り占めしていたんだ」

「三人目のあなたは、一番の裏切り者ってことね。だけどまだ、二人目のあなたは生きているんでしょう？」

「そうなんだ。二人目の僕は、今も三人目の僕を探している。もし、失望を持たない僕と、失望を抱えたままの僕が会った時、どうなると思う？」

彼は、どこか無機質に見える目を私に向けて言った。

「二人目の僕に、三人目の僕は、きっと殺されてしまうだろう」

父の運転する軽トラックと、後続する母の運転する車に乗せた、いらない物を処分場で下ろす。紐でまとめた本を大きなコンテナに入れると、乾いた古書のニオイが舞った。処分場のルールに従って、決められたルートを辿り、分別して物を捨てていくことが、弔いの儀式のようにも思えた。

ごみを集めるピットの中で、いらない物の塊が独特の異臭を放って、蠢《うごめ》いているように見えた。クレーンの音が、いらない物たちの断末魔の叫びみたいに聞こえる。圧倒的な数が密集して、一つの生き物のようにも思える。大量の廃棄物に飲み込まれるのを想像して、背筋が寒くなる。

祖母はきっと、いらない物の雪崩に巻き込まれて、押しつぶされてしまったのだ。

私は、祖母の変化の理由をそう考えた。身に降りかかる不幸は、雨に降られるようなもので、こうしたらよかったと言えるものではないと思っている。だけど、祖母の変化についていて、いくつかのきっかけがあったことは、否定できない。古本や古物収集が趣味でもあった祖父が亡くなって、一年程が経った頃から祖母は、家の片付けについて、それが自分に課せられた義務のように気にかけていた。真面目で物を大切にする祖母にとって、家中に溢れ返る、残された物たちを、いるのか、いらないのか、一つ一つ判断していくことは、大きな負担になっていたはずだ。

「捨ててしまえば、戻ってくることはないからね」

そう言ったいとこの言葉が、私を安心させるために吐き出された言葉のようにも、何か他の意味が含まれているようにも思えた。

祖母は、長く暮らしていた家を離れることになり、寂しそうにしていたものの、近所を散歩したり花の世話をしたりと、新しい生活に楽しみを見つけたように見えた。弟の遊び相手をしている時などは、子供のように笑った。一方で、夜中に大きな声を出して起き出し、何かを必死で訴えることもあった。祖母は、その細い腕からは考えられない力で私の手を握り、険しい顔を向けた。

私は、祖母と話す時にはいつも、そこに私の知る祖母がいることを確かめた。ほっと息を吐くような声や、とげとげとした低い声、気怠い眠そうな声。その一つ一つに耳を澄ませて、私の知る祖母が消えてしまっていないか注意深く観察する。そして、その結果がどうあれ、私の心は大波に揺れる船のように、浮いたり沈んだりを繰り返した。その日の祖母が、穏やかな祖母であれば安心し、怒りや疑いを口にする祖母なら不安になって、聞こえてくる祖母の声が、明るいものであるようにと、自分勝手なお祈りをした。

ある日祖母は、私と弟のために焼きおにぎりを作ってくれた。表面に塗られたしょう油が香ばしく、中がふわっとしていて、小腹を満たすのに十分だった。

夕飯までの間、お腹を空かせないように気遣ってくれたことが嬉しくて、

「ありがとう」と私が言うと、祖母はいつになく穏やかで、何もかも恐れていないような声で、

「大丈夫だよ」と言った。

まるで、掬い上げられた川砂から雲母を取り出すみたいに、やさしさだけを残して他は全部忘れてしまったみたいだった。


祖母の住んでいた家の取り壊しが決まったのは、十一月の終わりのことだった。

思い出というには無機質で、クラクラしてしまうほどの存在感を放っていた、衣服、本や雑誌、おもちゃ、時代遅れのオーディオ機器、ありとあらゆるいらない物たちは、きれいさっぱりなくなった。分け入るのをためらうほど、青々と茂っていた雑草は、淡いベージュに変色し、子供の背丈ほどに成長していた雑木も、夏に整理して以来、鳴りをひそめている。私の中にあった不安や苛立ちも、いつしか影をひそめていた。

祖母の家とお別れをする場に居合わせた私は、いとこと再会した。久しぶりに会った彼は、少し痩せて、どこか雰囲気が変わったように見えた。

「空っぽだね」

彼は、特に寂しさを感じている様子でもなく、そう言った。

「ここで何があったかなんて分からないくらいに」

私は、あれから、廃屋がよく目に留まるようになった。色褪せた木製の柵が崩れたまま放置され、セイタカアワダチソウが群生し、おばけみたいな形をした雑木が、歩道に身を乗り出している。そんな家を目にする度、彼に「こういう家は、そこら中にある」と言われたことを思い出した。そして、冷たく湿った廃屋の中で、三人目の彼を待ち続けているもう一人の彼のことを想像した。私はその度、胸が締め付けられるような寂しさを感じた。

「そういえば、私も廃屋の幽霊になったことがあるよ」

私がそう言うと、彼はわずかに眉をひそめた。まるで、憂鬱な話題を振られたみたいだった。

「数か月前に取り壊されたけれど、家の近くに廃屋があったの。確か、元々は親戚が住んでいた家だった。私たちの新築した家の引き渡し前日の夜に、家族全員で、その廃屋で過ごしたんだ」

淡い青に、じんわりと夜を溶け込ませているような空に、ピンクの雲が浮かんでいた。日が暮れるのが早くなり、日没を前に肌寒さを感じる、今日のような秋の日だった。廃屋に足を踏み入れ、ささくれ立った畳を踏みしめる度、ぬかるんだ土の上を歩くみたいに足元が凹《へこ》んだのを覚えている。

「七輪を使って、外でサンマを焼いて食べたの。寝る前には絵本を読んで、家族四人で川の字になって寝た。電気がないから真っ暗だし、天井には蜘蛛の巣がかかっていたけれど、少しも怖くなかった。むしろ、私にとって一番幸せな夜だったように思う。あの夜は、みんなが同じ気持ちで、同じ幸せを味わっていた気がするから」

彼は、一言も口を挟まずに、私の話を黙って聞いていた。あまりにも静かで、その存在が消えていってしまうように思えた。

「今日は、ずいぶん静かだね。まるで別人みたい」

そう言うと、彼は乾いた笑いで顔を歪めた。

「私は、祖母と話す時にはいつも、そこに私の知る祖母がいることを確かめた。そしてそれは、いつも見つけることができた。不思議だね。別人のようになっても、祖母は祖母、君は君のまま。まるで生まれた時に、神様が見えないラベルを貼り付けたみたい」

私は、それが彼にとって耐えがたいことだと知りつつも、

「多分、それは悲しいことじゃない」と言った。

気まずく思えるほどに、長い沈黙が流れた。私は、沈黙に耐えかねて、一つ気になっていたことを口にした。

「君は、どうして二人目の君が、一人目の君を殺したことを知っていたの？　三人目の君は、その時にはもう、廃屋にはいなかったと言っていたのに」

夜の色が混ざった心細い薄明かりが、彼をぼんやりと照らす。そこに、彼の知らない顔が映っているように思えた。

空腹のオオカミ

「眠れない」

そう言って、妹は泣いた。

ママにおやすみを言った後、落ち着かない様子だったから、もしかしたらと思っていたけれど、やっぱりダメだったみたいだ。

妹は、うまく眠れないことが続いている。

ママは妹に病院で診察を受けさせ、漢方薬局で漢方薬を処方してもらい、寝る前には、眠気を誘われるよう絵本を読んであげたりした。だけど、医師は睡眠時間が三時間だったというナポレオン・ボナパルトを引き合いに出し、問題はないと告げた。処方された漢方薬は妹の口に合わず、吐き出してしまい、絵本は何冊読もうと妹の眠気を誘う手段にはならなかった。

「眠れないのなら、起きていればいいんだよ。お医者さんだって、昼の間眠くなったりして困ることがないのなら、問題はないって言っていたんだから」

僕がそう言うと、妹はこの世の終わりを告げられて絶望するかのような顔で、

「一人で起きているのが怖い」と言った。

眠れないと言っても、寝つきが悪かったり一度寝て少しして目が覚めてしまったりするぐらいで、またしばらくすれば眠れるので、結局のところ、毎日十分と言っていいくらい妹は眠っているのだけれど、妹にとっては、どれだけ眠れたかよりも、眠れない夜を一人で過ごすことが問題らしかった。

「それなら、僕が起きていてあげようか」

僕は、妹のためにそう言ったわけじゃない。妹を口実に起きていられるなら、その方が僕にとって都合がいいからだ。夜は秘密の時間だ。僕は、そこに何があるか知りたい。

「ママは僕たちに早く寝なさいと言うけれど、いつ寝るかは僕たちが決めるべきだ。僕が起きているから、安心して眠ればいい」

僕がそう言うと、妹は、

「夜遅くに部屋の明かりをつけていると、玄関のドアをノックされるって、ママが言って

たよ」と言った。

「ドアをノックされても、決して開けちゃいけないって。もしかしたら、早く寝ない悪い子が玄関のドアを開けたら、お腹を空かせたオオカミにその場で食べられてしまうのかも」

「バカだなあ。それは僕たちを早く眠らせるための嘘だよ。深夜だからって、オオカミが街中をウロウロしているわけないじゃないか」

「本当に？」

「そうだよ。オオカミなんて、ここにはいやしないんだ」

「それなら、どうしてママは早く寝なさいと言うの？」

「もしかしたら、僕たちに内緒にしておきたいことがあるのかもね」

「内緒にしておきたいことって？」

「例えば、僕たちを寝かせた後に、大人だけで秘密のパーティーをしているとか。音楽をかけて、テーブルにごちそうを並べたりして。招かれた客は、僕たち子供に気付かれないように、ベルを鳴らさずドアをノックしているんだよ」

「そうだとしたら、大人はいつ眠っているの？」

「週に二、三回はパーティーがない日があるんだ。ごちそうだって毎日食べていたら飽きてしまうからね」

妹は、まだ納得がいっていない顔で、

「だけど時々、夜遅くに床が軋む音や、玄関のドアが開く音が聞こえたよ」と言った。

「パーティーの音は聞こえなかった。オオカミが忍び足で、階段を行ったり来たりしているのかもしれない」

「それは家鳴りだよ。鍵がかかった家に、オオカミが勝手に入れるわけないじゃないか。そうだ、僕が夜の間中起きているから、目が覚めたら僕の体を確かめればいい。指の先までオオカミに食べられず無事でいられたなら、オオカミなんていないっていう証明になるよね？」

静寂に眠気を誘われながら、妹の頭を撫でる。

気を付けないと、僕の方が先に眠ってしまいそうだ。

妹の小さく息を吐く音以外は、何も聞こえない。何か悪いことが起きる前触れのような、不気味なほどの静けさに、僕は少しだけ怖くなった。

獣が唸るような風が吹いて、窓ガラスを揺らした。妹が寝付く頃、子守唄のようにやさしく降りだした雨は、機嫌を損ねてしまったのか、消してしまいたいものを無理やり洗い流すような荒々しい雨に変わった。

僕は、寝息を立てている妹を起こさないように、そっと部屋を出た。

廊下から見下ろした階段の暗闇が、どこまでも続いているように見える。濡れた窓ガラスが切り取った深夜の中で、一人ぼっちの街灯が心細く灯っていた。

まるで、世界中で僕だけが起きているみたいだ。

僕は、一階に下りて全ての部屋の明かりをつけた。バスルームからトイレに至るまで。これだけ煌々と明かりが灯っていれば、雨の中でも客の目を引くだろう。

キッチンへ向かい、客を迎え入れる準備を始める。お皿にサラミと生ハムを並べ、また別のお皿にロシアケーキを並べた。冷凍のピザを温め、グラスにサイダーを注ぎ、傘をさして庭に出て、母が大切に育てているバラの枝を切り、花瓶に挿した。そしてそれらをリビングのテーブルに並べると、濡れた服をタオルで拭きながら、玄関のドアの前で、客が来るのを待った。

雨が重い水滴を地面に打ち付けて、激しい音を立てている。遠くで雷が鳴った。

ずぶ濡れのオオカミが、お腹を空かせて喉を鳴らしているみたいだ。

僕は、安全な箱の中でじっと忍んでいる気分になった。

もしもオオカミが訪ねてきたら、お腹がいっぱいになるまで食べ物を振舞えばいい。そうすれば僕を食べなくても、満足して帰っていくはずだ。

風の音に紛れて、ドアが叩かれる音がした。風で飛ばされた何かが、ドアに当たったかと思われたその音は、もう一度規則的に、今度ははっきりと鳴らされた。


「こんばんは」

ドアを開けると、背の高い男が、僕に向かってそう言った。

大きな黒い傘をさして、人の良さそうな顔で微笑んでいる。

男は、僕を見下ろして、

「ママはいないの?」と聞いた。

人目を避けるような地味な色の服を着ていて、パーティーの客には見えない。かといって、オオカミにも見えない。家庭教師のセールスか、それとも引っ越しのあいさつか、男が訪ねてきた理由を、僕はいくつか考えてみたけど、そのどれも当てはまらない気がした。だけど、こんな夜更けに訪ねてくる客だ。非常識であることは間違いない。それにパーティーの客でもなく、オオカミでもないのなら、この客に用はない。

「ママはいないよ」と僕は言った。

そう言えば、客が帰るだろうと思ったからだ。

「子供だけで留守番をしているの?」

客は、僕の目線に合わせて、姿勢を低くしてそう聞いた。甘く誘うような、僕の知らない匂いがした。

「僕はもうママを頼るような年じゃないからね」

てっきり笑われるかと思ったのに、客は僕を茶化したりせず、

「立派だね」と言った。

僕は、なぜか認められた気がした。そして、たったそれだけのことなのに、雨の中に、この客を置き去りにすることが心苦しく思えてきた。

「お腹が空いたなあ」

客は、そう呟いた。

「お腹が空いてるの？」

僕がそう聞くと、客は、

「お腹が空いて眠れないんだ」と言った。

身なりからして、食べ物を満足に買えない貧しい身の上には見えない。もしかすると男は、パーティーの客で、ごちそうを楽しみにして食事を抜いてきたのかもしれない。

「お腹が空いているのなら、家に食べ物があるよ」

僕はそう言って、客の手を引き、家に招き入れた。

客の事を可哀相に思って、そうしたわけじゃない。この客がパーティーの客ではなかったとしても、夜の間中起きているためには、退屈を紛らわせる話し相手が必要だからだ。

客は、長い時間、花瓶に挿したバラをじっと見つめていた。お腹が空いたというわりには、目の前に並ぶ食べ物には手を付けず、何か考え込むように、もしくは眠くなるのを待つように、ソファにゆったりと腰かけていた。客が何も話さずにいるせいで、僕の方が眠くなってしまいそうだった。

客の横に並んで座り、

「サラミも生ハムも、ロシアケーキも、ピザもサイダーもある。お腹がいっぱいになるまで、好きなだけ食べていいよ」と言うと、客は視線を動かさずに、

「だけどきっと、それじゃ満たされないな」と言った。

僕の用意したものは、客の好みではなかったのかもしれない。僕は、少しだけかなしくなった。

「それなら、ワッフルを焼こうか？　カラメルとシナモンをかけて食べよう。お腹が満たされて眠くなるかもしれないよ」

客は、

「そうだとしても、それは一過性のものだよ」と言った。

「眠れないから羊を数えようとして、なのになぜか羊の姿が思い出せない。羊らしきものは、揶揄《からか》うように頭の中で形を変えて、丸まったり、細長くなったり、しまいにはダックスフンドのようになって、結局また眠れない。ならばいっそ本を読もうと、ベッドを抜け出したのが午前二時。だけど何だか、世界に取り残された自分一人みたいな気持ちになって、またすぐに布団に潜る。そばで眠る誰かの寝息を聞いたなら、すぐに眠りにつけるような気がするのに、それも叶わない。早く夢を見たいと思いながら、眠りに落ちるのをひたすら待って、でも朝が来たら全部元通り」

客はそう言って、ポケットの中から小さな手帳を取り出した。そして、何も書かれていないページを破り、罫線の引かれた紙に黒のボールペンで何かを描き始めた。

僕は、客がペンを動かしている間、客の腕に付けられた時計を見ながら、客が言った一過性の意味について考えていた。

「それで、やっと羊のことを思い出したんだ」

客が差し出した紙に小さな羊が描かれている。それは痩せていて、ちっぽけで、どこか寂しそうに見えた。

僕なら、もっと丸々とした羊を描くのに。

だけどなぜだか、それを口にしたら客が傷つきそうに思えて、僕は代わりに、

「かわいいね」とだけ言った。

「オオカミに食べられないように、柵を描いた方がいいね」

「柵を？」

「僕の妹は、オオカミが来ることを恐れている。ママの話を聞いて、オオカミが夜遅くに玄関のドアをノックしたり、階段を行ったり来たりしていると思っているんだ」

僕がそう言うと、客は、

「ママは嘘つき？」と聞いた。

「ママは嘘つきじゃないよ」

少なくとも僕に対しては。

僕は、そう付け足そうとして、やめた。

「嘘つきかどうか知るために、誰かを試したことはある？」

客は、そう聞いた。

「一緒にいる間は忘れてしまうのに、離れていると全部嘘だったような気がして、無理を言ったり、わざと怒らせるようなことや嫌われるようなことをしたりして」

「それで嘘つきか分かるの？」

「分からなかった」

眉尻を下げて笑った客が、かなしいのをごまかしているように見えた。

「いっそのこと、罵ってくれたらよかったのに。どうして怒らないのか聞くと、怒ることなんて何もないと言われてしまった。それで僕はますます、分からなくなった」

「その人が嘘つきだったなら、どうなるの？」

「それっきり、さよならだろうね」

「かなしいね」

「そうかな」

「あったものがなくなるのは、かなしいことだよ。それは空腹と同じことだから」

突然、フラッシュを焚かれたみたいに明るくなって、空に亀裂が走り、夜を無理やり二つに引き裂くような音がした。地響きがして、ろうそくの火を吹き消すように家中の電気が消えた。まるで爆弾を落とされたかと思うほどの雷鳴だった。

「お腹が空いたなあ」

一時的に雨風の音が遠のいた真っ暗闇の部屋の中で、客の穏やかな声が存在感を示した。

僕はもう一度、この客が訪ねてきた理由を考えた。

大雨の中、パーティーの客が来るだろうか。一人で、手帳とペンと、傘しか持たずに。

僕には、それは現実的ではないように思えた。

では、お腹を空かせたオオカミなら?

「空腹だ」

体の大きなオオカミが、僕の隣でそう言ったように思えた。

「何を食べても満たされない」

昔見た絵本に、オオカミの絵が載っていた。小さな子供なら、丸のみできそうなほど大きな口と、骨まで嚙み砕けそうな鋭い牙。獲物を前にして舌なめずりをするオオカミの絵を見て、どうしてオオカミは、みんな決まってお腹を空かせているのだろうと、不思議に思ったのを覚えている。

「お腹が減って仕方がないんだ」

水滴が落ちるような音が、すぐ隣で聞こえた。

僕は、空腹のオオカミが口から涎を垂らすのを想像した。だけどすぐに、そうではないと気付いた。

「泣いているの?」

僕がそう聞くと、客は、かなしいような笑っているような声で、

「もしも嘘つきなら、いっそのこと食べてしまいたいな」と言った。

「きっと、その人を食べても満たされないよ」

僕は、この客の空腹の正体が分かってしまった。

もしかしたら、オオカミが決まってお腹を空かせている理由も同じかもしれない。

「だって、その人を食べても、何もなかったことにはならないじゃないか。嘘つきかどうか知るために試したことさえ忘れるくらい、全部きれいに消化できるならいいけど」

眩しくて目が覚めた。それで、いつの間にか眠ってしまっていたのだと気付いた。

夜の間降り続いていた雨が嘘のように、窓から日が差している。客の姿はなく、皺の寄った羊の絵が客のいた場所に置かれていた。羊の絵には、柵の代わりに眠るオオカミが書き足されていて、それは正しくないことのように思えるけれど、少なくともオオカミがお腹を空かせているようには見えなかった。

階段を下りてきたママが、僕におはようを言う。

僕がそれに応えると、ママは、

「お腹が空いたなあ」と言った。

何もかも、いつも通りの朝だ。

眠れない夜を共有した客のことを、僕が忘れていないこと以外は。

寂しがり屋の森

僕は、巨大な夜の化け物に見下ろされていた。奴は何も語らず、ただニタニタと気味の悪い笑顔を浮かべている。

目が覚めると、見覚えのない家の中にいた。窓とドアと本棚、それにベッドが一つずつ、他には何もない。その上、殺風景なこの家には、屋根すらない。そのどれもがあいまいな色をしている。例えるなら古本の紙、日焼けして黄ばんだ白壁、そんな色だ。本来天井があるべきそこには、闇夜が広がっていて、巨大な黒い化け物がいる。

これは夢だろうか。それとも寝ている間に、違う世界に来てしまったのだろうか。

しかし、不思議と僕は落ち着いていた。奴は、ベッドに仰向けに寝ている僕と目が合うと、その三日月のような口をいよいよ大きくした。

僕は、奴を〝海坊主〟と呼ぶことにした。

ベッドに横になったまま僕は昨日のことを思い返した。研修医として働く僕は、昨晩ひどく疲れていて帰宅後、食事をとる気力もなかったから、そのままベッドに潜り込んだ。そして氷のように冷たい布団に体を埋めながら、なぜか祖母のことを思い出したのだ。

祖母は変わった人だった。僕は祖母が家から出るのを見たことがない。何も言わない、話さない、目が合っても、無反応か不器用な笑顔を向けてくるだけだ。何も感じないカラクリ人形のような祖母が、僕はあまり好きではなかった。

その祖母が、去年亡くなった。祖母が、一人死んでいった布団も、これと同じように冷たかっただろうか。そう思った途端、体が冷たく重くなっていくのを感じた。コンクリートに括り付けられて、海へ沈められるようだ。

そして気が付くと、この世界に来ていた。

僕は海坊主に見つめられながら、眠りについた。屋根がないのに、不思議なことに寒くない。僕は久しぶりに、よく眠れた気がした。

翌朝目が覚めても、僕はまだ、あいまいな色の世界にいた。家の外に出てみても、相変わらず木も、地面も、空も全てがあいまい色だ。海坊主も闇色から、あいまい色へ変わって遠くの空にいる。今日は山のように見える。常に僕のことを見つめているが、嫌な感じはしない。

すぐ隣に家が一軒あり、畑がある。子供が何かを植えていた。その先には森が広がっている。

「何してるの?」

僕が声をかけると、子供は驚きもせずに僕に言った。

「モモを植えてるに決まってるじゃないか」

生意気そうな子供だ。フードを目深にかぶっているから、鼻から上が見えない。

子供の腰くらいの高さの枝に、洋ナシのような形の果物が一つ実っている。色は、もちろんあいまい色だ。

この世界の全ては、あいまい色なんだろうか。

「ねえ、そのモモ食べてもいい? お腹が空いて死にそうだ」

「自分で食べるものは自分で作るのがこの世界のルールだ。そんなことも知らないのかい？」

僕は、正直そんな答えが返ってくるとは思わなかった。当然、くれるものだと思っていた。だって僕は、腹が減って死にそうなんだから。

「ねえ、お願いだよ。死にそうなんだ」

顔の半分しか見えないのに、子供の不機嫌そうな顔が分かる。子供はしばらく沈黙した後、ブツブツと文句を言いながら、モモを半分に割り、僕にくれた。

「ありがとう」

僕と子供は、そろってモモにかぶりついた。じゅわっと汁がこぼれ落ちてくる。空っぽの胃袋に染み渡る。けれど、味がない。全くない。

「水みたいだ」

僕がそう言うと、子供はケラケラ笑いながら言った。

「そりゃあ、君の心がカラッポだからだね。それで味がないんだよ！」

子供が言うには、一日に一つだけモモを食べること（それでお腹が満たされるらしい）、食べる分しか作らないことがこの世界のルールらしい。

一つ種を植えると、翌朝モモが一つなる。モモの実には、種が二つ入っているから、そのうちの一つの種は、もしもの時のためにとっておくそうだ。

子供は、僕に二つ、種をくれた。

「余分に作ったっていいだろう？」

「じゃあ余ったモモは誰が食べるんだい？　そんなことしたらダメだ！　それが、この世界のルールなんだ！」

「ルール、ルールって、子供のくせに生意気だぞ！」

僕が怒鳴ると、子供はいやに大人びた顔で言った。

「君は、大人は何でも知ってるって思ってるけど、本当は違う。子供は何でも知ってる。そのことに気付いていないのは大人だけだ」

それから子供は、畑の先に広がる森にオオカミが住んでいること、決して近づいてはいけないことを教えてくれた。

けれど、僕は納得がいっていなかった。だって僕は大人だから。だから子供が家の中に入った後、こっそりモモの種を二つ植えた。そしてその夜、眠りにつく前に、明日は森に行こうと決めた。あの生意気な子供にこう告げるのだ。

「ほら、オオカミなんか、いなかったじゃないか」

翌朝、僕のモモは二つ実をつけていた。一つをもぎとり、それを持って、僕は早速森へ向けて出発した。

森の中は、木々の隙間から光が差してはいるが、薄暗く、何となく不気味な静けさがある。子供の言った通り、オオカミがいるんだろうか。僕の心に不安がよぎり始めた時、意外なものを目にした。

そこにあったのは、僕や子供の家と同じ、あいまい色の家だった。その家の持ち主は大人で、背が高く、誠実そうな顔をしていた。彼は、突然訪ねてきた僕をぞんざいに扱うことなく家の中へ招き入れた。

僕は嬉しくなった。わけの分からないことを言う生意気な子供じゃない、大人がいたのだ。

「あなたは大人ですね。会えて嬉しいです」

よく考えたらおかしな発言だったかもしれない。それでも、彼は気にすることなく、微笑んでくれた。

彼は、テーブルの余白が無くなるほど、たくさんのお菓子を僕に差し出した。それらは例に洩れず、あいまい色だったが、モモと違って、どれも舌の上をまとわりつくような甘ったるい味がした。僕はますます嬉しくなって、すすめられるままにお菓子を口にした。

「ああ、おいしいなあ」

僕はお菓子を食べながら、全てを話した。目が覚めたら、このあいまい色の世界に来ていたこと、海坊主のこと、おかしな子供のこと、モモのこと。

僕は嬉しかったのだ。彼は親切で、話が分かる、おかしなことを言ったりしない大人だ。

そして僕は尋ねた。

「この世界から出られる方法を、あなたは知っていますか？」

すると彼は、嘘なんて一度も吐いたことのないような顔で、

「この森を抜ければ」と言った。

僕は、飛び上がってしまいそうなくらい嬉しかった。

「ありがとう！　ありがとう！」

僕は、大事なモモを彼に渡してお礼を言い、柔らかく微笑む彼に別れを告げ、森を駆け抜けた。


森を抜けた先にあったのは、僕のあいまい色の家だった。

僕は途端に慌てた。おかしい、そんなはずはない。彼は確かに言ったのだ。

畑では昨日と同じように、子供がモモを植えていた。

「森を抜ければ、この世界から出られるって、彼が言ったんだ」

肩で息をしている僕に、子供が可哀相なものを見るような目を向ける。

「ああ、オオカミに会ったんだね。ねえ、知ってる？　オオカミは嘘つきなんだ」

「でも、あの人はオオカミなんかじゃなかったよ」

「人間の格好をしたオオカミだっているだろう？　それに人間はもっと嘘つきだ」

確かに、あれほどお菓子をごちそうになったのに、僕のお腹は満たされていなかった。

カラッポだ、空腹だ。

僕はもう、何がなんだか分からなくなった。

しかし、僕の悲劇はそれだけでは終わらなかった。僕のもう一つのモモが、朝とは形を変えていた。赤くてトゲトゲしている。昔、図鑑で見たベニテングタケと同じ色だ。こんなに鮮やかな色を見たのは、この世界に来て初めてだ。何だか嫌な予感がする。それでも、僕はやけくそになって、赤いモモを食べた。だってこのままでは本当に、子供の言う通りではないか。


その夜、僕はひどい腹痛に苦しんだ。

「イタイ！　イタイ！」

「可哀相に、悪いモモを食べたからだよ」

子供はそう言うと、約束を破った僕のお腹を、僕が眠りにつくまでさすってくれたのだ。

眠りにつく間際、子供の声が聞こえた。

「ここは寂しがり屋の森。寂しがり屋は、この森から出られないんだ」

それは何だか、今にも泣き出しそうな悲しい声だった。

翌朝目が覚めると、畑には僕の分のモモが一つ実っていた。あれほどルール、ルールとうるさかったのに、子供が僕のために昨日植えておいてくれたらしい。

じゅわっ。モモは、ほんのり甘くて、やさしい味がした。

そして僕は、僕のあいまい色の家に戻り、本棚を見た。子供がモモについて教えてくれた日、隣にある子供の家に入った。子供の家は、僕の家と全く同じつくりだったが、一つだけ違う所があった。僕の家の本棚はカラッポだが、子供の家の本棚にはびっしりと本が入っている。

「僕の家の本棚はカラッポなんだ」

そう言うと、子供はいつもの何でも知っているような顔で言った。

「君が忘れてしまっているからだよ」

カラッポだった本棚には一冊の大学ノートが入っていた。祖母のものだ。僕は、思い出したのだ。

祖母が亡くなって、しばらく経ったある日、祖母の部屋を整理していた母が言った。

「おばあちゃん、すごいでしょう？　毎日かかさず日記書いて。ほら、あなたたちのことも書いてある。○月×日、今日も兄弟げんかがひどい、ですって！」

段ボール箱の中には、祖母が日記を記した大学ノートがびっしり積まれていた。


祖母の字で、隙間なくノートに書かれた日記を見て、僕は気付いた。祖母は何も感じないカラクリ人形ではない。時に怒り、悲しみ、妬み、慈しみ、愛し、生きていたのだ。祖母は、冷たい布団で一人死んでいったのではない。温かい布団で、みんなに見送られながら亡くなったのだ。

僕は途端に、この世界から出る方法が分かってしまった。そして、この世界でたった一人の、友達のもとへ駆けていった。


「行ってしまうんだね」

「一緒に行こう」

僕がそう言うと、子供はポロポロと泣き出してしまった。

「僕は行けない。それがこの世界のルールなんだ。それにあれが悲しむじゃないか」

子供はそう言って海坊主を指差した。

今日も海坊主は、何を考えているのかさっぱり分からない顔で、僕を見つめている。

「大人が一つだけ知ってることがある。ルールは破ってもいいいってことだよ」

そして僕は、子供を抱きしめた。暖かくて、甘い、お日様のような匂いがした。


僕は、また同じ日々を送っている。

あの日と同じように、疲れ切っては冷たいベッドに潜り込む毎日だ。しかし、もう寂しくはない。

診察室の椅子に座り、次の患者と向かい合う。フードを目深にかぶった、その子供はこう言う。

「先生、寂しがり屋は治せないの？」

〈著者紹介〉
村松 凪（むらまつ なぎ）
1985年茨城県生まれ。会社員。
自身が見た夢をもとに、小説を初めて執筆（寂しがり屋の森）。
幻冬舎ルネッサンス絵本コンテストに応募を経て出版に至る。
どちらかといえば、寂しがり屋。

寂《さび》しがり屋《や》の森《もり》

2024年5月31日　第1刷発行

著　者　　村松 凪
発行人　　久保田貴幸

発行元　　株式会社 幻冬舎メディアコンサルティング
〒151-0051　東京都渋谷区千駄ヶ谷4-9-7
電話　03-5411-6440（編集）

発売元　　株式会社 幻冬舎
〒151-0051　東京都渋谷区千駄ヶ谷4-9-7
電話　03-5411-6222（営業）

印刷・製本　中央精版印刷株式会社
装　丁　　荒木香樹

検印廃止

Printed in Japan
ISBN 978-4-344-69113-1 C0093
幻冬舎メディアコンサルティングＨＰ
https://www.gentosha-mc.com/